Analyse de l'œuvre

Par Cécile Perrel et Pauline Coullet

La Cousine Bette

de Balzac

Rendez-vous sur lepetitlitteraire.fr et découvrez :

Plus de 1200 analyses
Claires et synthétiques
Téléchargeables en 30 secondes
À imprimer chez soi

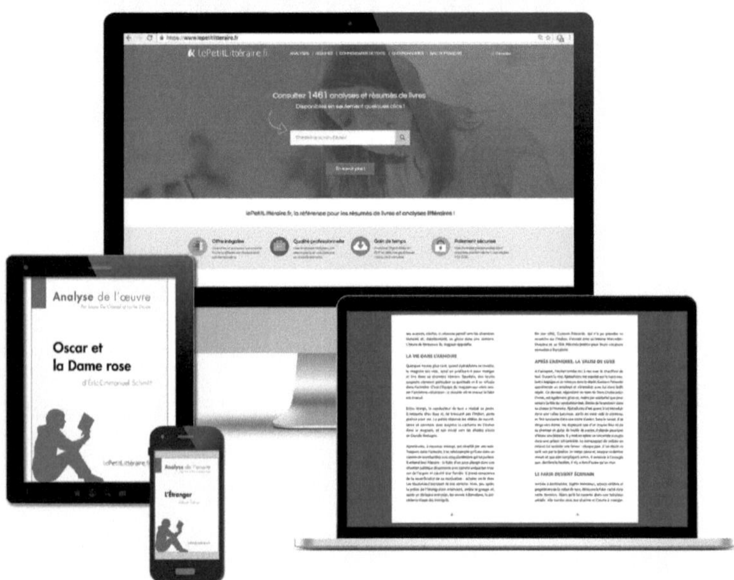

HONORÉ DE BALZAC

ÉCRIVAIN FRANÇAIS

- **Né en 1799 à Tours**
- **Décédé en 1850 à Paris**
- **Quelques-unes de ses œuvres :**
  - *Les Chouans* (1829), roman
  - *Eugénie Grandet* (1833), roman
  - *Le Père Goriot* (1835), roman

Honoré de Balzac est l'un des écrivains français majeurs du XIXe siècle. Jeune homme, il s'ouvre les portes des milieux aristocratiques parisiens qu'il ne cessera de fréquenter. Mais des entreprises désastreuses et un train de vie excessif le ruineront rapidement : l'écriture littéraire, pratiquée avec passion et assiduité, deviendra pour lui le seul moyen de rembourser ses dettes.

Ambitieux, il s'attèle à une œuvre monumentale, *La Comédie humaine*, qui compte plus de 90 romans, et dont le but est de dresser un portrait exhaustif de la société de son temps (pour « faire concurrence à l'état civil »). Parmi ses romans les plus célèbres, on trouve *Eugénie Grandet* ou *Le Père Goriot*.

Balzac est considéré comme l'un des pères du roman réaliste moderne.

LA COUSINE BETTE

UN ROMAN TYPIQUE DU RÉALISME BALZACIEN

- **Genre :** roman
- **Édition de référence :** *La Cousine Bette*, Paris, Gallimard, coll. « Folio classique », 2007, 512 p.
- **1re édition :** 1846
- **Thématiques :** jalousie, vengeance, argent, femme, beauté, mariage

La Cousine Bette, roman paru sous forme de feuilleton dans un journal, *Le Constitutionnel*, d'octobre à décembre 1846, fait partie de *La Comédie humaine*. Le roman est classé par Balzac dans les *Scènes de la vie parisienne*, dans la section « Les parents pauvres », où se trouve un seul autre roman, *Le Cousin Pons* (1847).

Il raconte la jalousie et la soif de vengeance d'une femme, Lisbeth Fisher, envers la famille de sa cousine, les Hulot. Ces deux sentiments l'amènent à chercher leur ruine, tant financière que morale et affective.

RÉSUMÉ

En 1838, la famille Hulot vit à Paris, dans un hôtel particulier défraichi. Leurs finances ne sont pas au beau fixe à cause des dépenses astronomiques du baron Hulot pour ses maitresses. Inversement, sa femme, Adeline, est d'une grande vertu. Ayant déjà uni son fils ainé à la fille de Célestin Crevel, un ami de son mari, elle souhaite marier sa fille Hortense dans les meilleures conditions. Le capitaine Crevel connait la situation financière désastreuse du baron. Secrètement amoureux d'Adeline, il propose à cette dernière de payer la dot d'Hortense si elle cède à ses avances. Horrifiée, la baronne le rejette. Il lui avoue alors les infidélités de son mari qu'il connait car il est lui-même son compagnon de débauche. La baronne n'en fait rien : elle ne veut pas gâcher son honneur et sa situation.

Lisbeth Fisher, la cousine d'Adeline, appelée Bette, vit chez les Hulot. Elle refuse d'améliorer sa situation par le mariage et travaille comme ouvrière. Depuis toujours, cette vieille fille laide est jalouse de la beauté et de la réussite de sa cousine. Sous des dehors avenants, elle travaille donc à la perte de la famille Hulot. Bette a un protégé, un jeune exilé polonais, orfèvre de métier, le comte Wenceslas de Steinbock. Sous son aile depuis quatre ans, c'est un garçon oisif, mais elle est amoureuse de lui et l'aide à s'installer en tant qu'artiste. Celui-ci semble plutôt la considérer comme une mère. Lorsqu'il tombe amoureux d'Hortense, Lisbeth est folle de désespoir.

Délaissé par sa maitresse, l'actrice Josépha, le baron Hector

Hulot rencontre une magnifique jeune femme, Valérie Marneffe, mariée à un employé du ministère de la Guerre où le baron occupe un poste à responsabilités. Valérie Marneffe est en réalité une courtisane qui vit grâce aux rentes que lui versent ses amants. Charmé, le baron en fait sa nouvelle maitresse et lui promet d'interférer en faveur de son mari au ministère. Lisbeth se lie d'amitié avec Valérie : elle admire la jeune femme, et cette relation lui permet de combler la perte de Wenceslas. Les deux femmes décident de travailler ensemble à la perte de la famille Hulot, l'une pour la vengeance, l'autre pour l'argent et le gout de la manipulation.

Grâce à une opération frauduleuse en Algérie, le baron trouve la somme nécessaire pour entretenir Valérie et marier sa fille à Wenceslas. Trois ans plus tard, le baron Hulot a installé Valérie dans un bel appartement où cette dernière vit avec son mari. Celui-ci sait tout des infidélités de sa femme, mais il ne s'y oppose pas, car il y trouve son compte, surtout financièrement.

Célestin Crevel fait la connaissance de Valérie dont il tombe immédiatement amoureux. Il se jure de la séduire afin de se venger de Hulot, qui lui a autrefois volé Josépha. Il parvient à ses fins : celle-ci vit donc grâce à l'argent que lui versent à la fois Hulot et Crevel. Les finances du baron sont pourtant au plus bas, et il s'endette terriblement pour satisfaire Valérie.

Lisbeth s'installe chez les Marneffe comme dame de compagnie et s'embellit un peu sous les conseils de la courtisane qui lui avoue être intéressée par Wenceslas. Prête à tout pour nuire aux Hulot et souhaitant se venger d'Hortense, Lisbeth promet à Valérie de lui présenter le jeune homme.

Celui-ci, poussé par des ennuis financiers, demande conseil à Lisbeth qui l'envoie chez les Marneffe pour attirer le jeune homme dans les bras de son amie. Séduit par Valérie, il devient aussitôt son amant. Lorsqu'elle l'apprend, Hortense le quitte et part s'installer chez sa mère avec leur fils.

De son côté, Lisbeth a décidé d'épouser le frère du baron, un très vieux maréchal de l'Empire, afin de s'accaparer la fortune familiale. Chaque membre de la famille interfère en sa faveur auprès du vieux garçon. Mais un jour, la fraude financière menée en Algérie par le baron est révélée. Déshonoré, celui-ci se réfugie auprès de sa femme. Le maréchal de l'Empire tente de laver l'honneur de la famille en remboursant l'argent volé à l'État par son frère. Sur le point d'épouser Lisbeth, il meurt cependant de honte et de désespoir. Lisbeth, privée de son futur mari par la faute du baron Hulot, est folle de rage. Quant au baron, lâche, il s'enfuit et commence une nouvelle existence sous un faux nom.

Le fils Hulot, Victorin, connait de son côté une ascension fulgurante : il devient l'avocat du ministère de la Guerre, et le ministre lui rend l'argent que son oncle avait voulu donner en compensation de celui volé par le baron. Victorin se retrouve ainsi à la tête d'une petite fortune. Tout aurait donc été parfait pour lui si son beau-père, le capitaine Clevel, n'avait pas décidé de se marier avec Valérie, dont le mari vient de mourir. Un jour, une femme envoyée par des politiques haut placés, Mme de Saint-Estève, se présente au cabinet de Victorin : elle lui apprend que le mariage de son beau-père fait du bruit dans les plus hautes sphères du pouvoir et propose au jeune homme de le débarrasser de Valérie. Horrifié et pressentant un meurtre, Victorin la chasse.

Crevel se rend chez les Hulot pour les informer de son mariage avec Valérie, mais la famille et sa propre fille refusent d'y assister. Valérie Marneffe est en effet la cause du malheur familial puisqu'elle a été tour à tour la maitresse du baron, de son beau-fils Wenceslas et de Crevel. Victorin est furieux, d'autant que Lisbeth rapporte des paroles qui blessent sa mère. Il rencontre Mme de Saint-Estève qui lui promet de régler le problème. Entretemps, le mariage a lieu, sans la présence de la famille Hulot.

Un jour, on apprend que le nouveau couple Crevel est gravement malade. Selon le médecin, leur maladie est incurable. Ils meurent tous les deux dans d'atroces souffrances, d'une forme de peste. Victorin se sent terriblement responsable.

Au cours d'une de ses visites de charité, Adeline retrouve son mari qui s'est installé comme écrivain public à Paris. Elle le ramène à la maison. Wenceslas s'étant réconcilié avec sa femme, la famille se retrouve au grand complet. Folle de rage de voir ainsi les Hulot triompher après tous les efforts qu'elle a fournis pour les ruiner, Lisbeth meurt. Chacun la pleure sincèrement : les Hulot n'ont pas compris que c'était elle la véritable instigatrice de leur malheur. Tout semble résolu lorsque, un jour, Adeline surprend son mari avec la fille de cuisine. Épouvantée, elle en meurt. Le baron quitte Paris pour la Normandie où il épouse la domestique qui devient ainsi baronne.

ÉTUDE DES PERSONNAGES

ÉLISABETH FISCHER/LISBETH/
LA COUSINE BETTE

Élisabeth, surnommée cousine Bette, est le personnage principal du roman, même si elle n'est pas présente dans toutes les scènes. Elle a donné son nom à l'œuvre : c'est celle par qui tout arrive, celle qui noue le drame.

Vieille fille et ouvrière, elle est jalouse de sa cousine Adeline depuis leur enfance à cause de sa beauté. Lisbeth est, en effet, très laide :

> « Paysanne des Vosges [...], brune, maigre, les cheveux d'un noir luisants, les sourcils épais et réunis par un bouquet, les bras longs et forts, les pieds épais, quelques verrues dans sa face longue et simiesque, tel est le portrait concis de cette vierge. » (p. 56)

Elle est régulièrement comparée à des animaux ; le baron Hulot lui donne par exemple le surnom de chèvre. L'auteur lui-même l'appelle la Bette, dont l'homonymie avec « la bête » n'est pas innocente.

Lisbeth en veut toujours à Adeline, car celle-ci s'est mariée pour devenir baronne. Elle s'est juré de causer la perte de sa cousine et de toute sa famille. C'est une femme hypocrite et rancunière. Profitant de sa position de confidente dans la maison, elle utilise les penchants de chacun des membres contre eux : elle présente des jolies femmes au baron coureur de jupons et cherche à entacher la vertu d'Adeline par tous les moyens.

Son désir de vengeance s'accroit lorsque Wenceslas, le jeune homme qu'elle a recueilli et dont elle est amoureuse, s'éprend d'Hortense et l'épouse. Elle forme alors avec Valérie Marneffe un duo diabolique qui complote pour la ruine des Hulot. Les deux femmes multiplient les coups bas, et Lisbeth savoure chaque malheur qui tombe sur la famille. Mais sa chance tourne lorsque le maréchal, qu'elle comptait épouser pour faire fortune, meurt subitement. Dépitée d'avoir perdu et de voir la famille Hulot heureuse, elle décède à son tour.

VALÉRIE MARNEFFE

Valérie Marneffe est aussi belle que Lisbeth est laide : c'est « une jeune femme, petite, svelte, jolie, mise avec une grande élégance, exhalant un parfum choisi » (p. 79). Elle fait d'ailleurs perdre la tête à tous les hommes qui la rencontrent. Elle est mariée à Jean-Paul-Stanislas Marneffe, un petit employé du ministère de la Guerre qui est au courant de ses aventures, mais qui ne s'en offusque pas.

Elle est prête à tout pour s'assurer une vie confortable. Elle n'a d'ailleurs pas moins de quatre amants simultanés qui tous assurent son confort financier : le baron Hulot, Crevel, Wenceslas de Steinbock et le Brésilien Montès, un ancien amant qui réapparait brièvement.

Elle se lie avec Lisbeth et épouse le projet de vengeance de sa nouvelle amie, car elle a le gout de l'argent et du vice. Elle rompt ainsi le mariage d'Hortense et cause la ruine et la fuite du baron Hulot. Victorin demandera finalement à ce qu'on la supprime : elle entrainera son nouvel époux, Célestin Crevel, avec elle dans la mort.

LE BARON HULOT

Le baron Hulot, qui se fait appeler baron Hector Hulot d'Ervy, est un ancien organisateur de l'armée napoléonienne. Il est, au début de l'histoire, directeur d'administration au ministère de la Guerre, conseiller d'État et grand officier de la Légion d'honneur.

Libertin incurable, il est ruiné par ses nombreuses liaisons, notamment par Valérie Marneffe. Lâche, il s'enfuit lorsque le scandale se fait trop important, décidant de mener une vie anonyme sous un faux nom. Il causera la mort de sa femme par une ultime tromperie avec une domestique.

ADELINE HULOT

La baronne Adeline Hulot, née Fisher, est originaire d'une famille des Vosges. Elle semble dotée, dès la naissance, de toutes les qualités : belle et vertueuse, elle est préférée à sa cousine Lisbeth à qui l'on confie toutes les tâches ingrates.

Elle est mariée au baron Hulot avec qui elle a deux enfants : Victorin et Hortense. Elle porte à son mari un amour dévoué malgré les infidélités qu'il lui fait subir. Elle reste noble et est très aimée de tous : ses enfants et son beau-frère, le maréchal Hulot. Elle supporte tous les écarts de son mari jusqu'au dernier, fatal, qui la fera mourir de chagrin.

HORTENSE STEINBOCK

Hortense Steinbock, née Hulot, est la fille du baron et de la baronne Hulot. Elle est très belle :

> « Hortense ressemblait à sa mère, mais elle avait des cheveux d'or, ondés naturellement et abondants à étonner. Son éclat tenait de celui de la nacre. On voyait bien en elle le fruit d'un honnête mariage, d'un amour noble et pur [...]. Grande, potelée sans être grasse, d'une taille svelte dont la noblesse égalait celle de sa mère, elle méritait ce titre de déesse si prodigué dans les anciens auteurs. » (p. 55)

Si elle a le physique de sa mère, la ressemblance s'arrête là. En effet, mariée au comte de Steinbock et apprenant que celui-ci l'a trompée, elle le quitte : elle refuse la vie de sa mère qui a supporté toute sa vie les infidélités incessantes de son mari. C'est une jeune femme entière qui a un grand sens de la loyauté. Elle acceptera de vivre à nouveau avec son mari lorsque celui-ci aura fait amende honorable.

WENCESLAS STEINBOCK

Le comte Wenceslas Steinbock est un exilé polonais vivant très pauvrement en France. Lisbeth a fait sa connaissance alors qu'il tentait de se suicider, et l'a pris sous sa protection. Comme c'est un orfèvre de talent, celle-ci le place dans une maison où il devient bientôt célèbre.

Il tombe amoureux d'Hortense Hulot et se marie avec elle, ce qui provoque la colère de Lisbeth qui ne supporte pas de voir le jeune homme lui échapper.

C'est un artiste paresseux qui bientôt se complait dans l'oisiveté et qui manque de caractère et de volonté. Il cesse vite de travailler. Quand les soucis d'argent se font sentir, il devient la proie de son ancienne protectrice qui l'entraine dans les filets de Valérie où il se laisse facilement prendre. Réconcilié avec sa femme, il abandonne la création pour devenir critique d'art.

VICTORIN ET CÉLESTINE HULOT

Victorin est le fils ainé des Hulot. Il est avocat et député. Il est marié à Célestine avec qui il forme un couple sans histoire, sans manigance, qui se contente de ce qu'il possède. Ce seront les deux seuls personnages à être relativement épargnés par l'histoire et qui en ressortent indemnes. Contrairement aux autres, ils seront même plus riches et plus influents à la fin du roman puisque Victorin devient l'avocat du ministère de la Guerre et que Célestine hérite d'une petite fortune à la mort de son père.

CÉLESTIN CREVEL

Célestin Crevel, un ancien commerçant parfumeur, est le père de Célestine. Veuf, il voue un amour démesuré à sa fille qui commence toutefois à s'atténuer lorsqu'il fait la connaissance de Valérie. Il est l'un des compagnons de débauche du baron Hulot, dont il partage bien souvent les maitresses. C'est un « gros homme de taille moyenne » qui respire « le contentement de lui-même qui faisait resplendir son teint rougeaud et sa figure passablement joufflue » (p. 29).

Il n'est pas noble, et les Hulot le lui font bien sentir. Il gagne sa vie en spéculant et finit maire d'arrondissement. Il meurt du même mal que Valérie, sa nouvelle femme.

CLÉS DE LECTURE

LE RÉALISME BALZACIEN

Le réalisme, mouvement artistique et littéraire né dans la seconde moitié du XIXᵉ siècle, cherche à se détacher du sentimentalisme romantique en peignant la réalité sans fioritures, en cherchant à dire le réel tel qu'il est. Ce courant se démarque du romantisme en abordant des thèmes nouveaux comme le monde du travail, les relations familiales ou les affrontements sociaux directement inspirés par la société de l'époque.

Si Balzac a touché à plusieurs courants et genres littéraires – le romantisme avec *Le Lys dans la vallée* et le fantastique avec *La Peau de chagrin* notamment –, il est surtout connu pour être le maitre du réalisme avec des œuvres comme *Eugénie Grandet*, *Le Père Goriot* ou encore *La Cousine Bette*. Comme il l'a lui-même expliqué, dans ses romans, Balzac veut « faire concurrence à l'état civil » : il veut être aussi réel que la réalité. Il ne s'embarrasse donc pas de beaux sentiments ou de motifs poétiques, et il décrit sans ambages ce qu'il observe autour de lui : le Paris des banquiers où l'argent est roi, les mœurs de son temps, etc. Ainsi, Balzac peint avec moult précisions, dans *La Cousine Bette*, les changements ayant cours dans les quartiers populaires de la capitale sous l'influence d'opérations financières :

> « En ce moment la spéculation tend à changer la face de ce coin de Paris et à bâtir l'espace en friche qui sépare la rue d'Amsterdam de la rue de Faubourg-qui-roule, en modifiera

sans doute la population car la truelle, est, à Paris, plus civilisatrice qu'on ne le pense ! » (p. 446)

En raison de son réalisme, l'œuvre de Balzac, et tout particulièrement celle qui nous intéresse ici, est à rapprocher de sa propre vie. En effet, l'auteur a connu de nombreux déménagements, comme les Hulot ; il a accumulé de nombreuses dettes, comme la plupart des personnages du roman, et il a vécu sous de faux noms, à l'instar du baron. C'est donc une partie de sa vie, de sa propre réalité, qu'il décrit dans *La Cousine Bette*. Nous sommes ici au cœur du roman réaliste, qui ne raconte pas, qui n'invente pas, mais qui se donne comme objectif de reproduire le réel.

En outre, dans le roman, Balzac dresse un portrait de famille particulièrement saisissant. Il propose une étude très complète et très réaliste des liens qui unissent les membres de la famille Hulot les uns aux autres : amour et dévouement total d'Adeline envers son mari ; relation basée sur le respect entre Adeline et ses enfants ; attitude mensongère et fausse, pleine de lâcheté, du baron envers sa femme.

LE DÉCLIN D'UNE FAMILLE ET D'UNE SOCIÉTÉ

Les Hulot sont une famille bourgeoise qui connait une lente déchéance matérielle depuis la Restauration (1814-1830), à cause d'un père imprévoyant et frivole. L'auteur dépeint à travers ses personnages les vices de son temps et la ruine des bourgeois de la monarchie de Juillet (1830-1848).

En effet, le cas Hulot n'est pas exceptionnel dans le contexte socioéconomique de l'époque. Nous sommes à Paris, entre juillet 1833 et le début de l'année 1846. Il s'agit d'une période charnière de l'Histoire de France qui marque les débuts de la révolution industrielle. Après la Restauration, la noblesse a perdu de nombreux avantages, et l'on voit se développer la bourgeoisie libérale, poussée par le fameux slogan « Enrichissez-vous par le travail ». Le capitaine Clevel est l'exemple parfait de la petite bourgeoisie d'affaires qui s'enrichit grâce au capitalisme. Dans ce contexte de changement, les valeurs sont donc bousculées : « Dans les révolutions comme dans les tempêtes maritimes, les valeurs solides vont à fond, le flot met les choses légères à fleur d'eau. » (édition BeQ, p. 231) Dans son roman, Balzac dénonce une société gangrénée par la passion du pouvoir et l'obsession pour l'argent. Les bourgeois tentent d'afficher ce qui reste de leur prestige et favorisent les apparences plutôt que la moralité. Lorsqu'Adeline demande « D'où vient ce mal profond ? », on lui répond :

> « Du manque de religion [...] et de l'envahissement de la finance, qui n'est autre chose que l'égoïsme solidifié. L'argent autrefois n'était pas tout, ou admettait des supériorités qui le primaient. Il y avait la noblesse, le talent, les services rendus à l'État ; mais aujourd'hui la loi fait de l'argent un étalon général [...] Eh bien entre la nécessité de faire fortune et la dépravation des combinaisons, il n'y a pas d'obstacle, [...] Voilà ce que disent tous ceux qui contemplent, comme moi, la société dans ses entrailles. » (*ibid.*, p. 818)

Pour Clevel, le parvenu, tout se négocie avec de l'argent : son cynisme le pousse à proposer à Adeline d'être sa maitresse contre le paiement de ses dettes. Le capitaine ne comprend pas qu'elle refuse : il n'est jamais question de morale ou de vertu pour lui. En ce sens, le baron Hulot est l'incarnation même d'une société sans véritable ambition, qui a perdu ses repères moraux. Il symbolise une génération qui vit pour consommer de l'argent et du plaisir. Actif sous l'Empire, il s'est trouvé désœuvré sous la Restauration pour des raisons politiques : « Inoccupé de 1818 à 1823, le baron Hulot s'était mis en service actif auprès des femmes. » (*ibid.*, p. 57) Le bourgeois, devenu oisif, ne passe plus son énergie dans l'armée, mais dans les femmes. Tout comme Crevel, il dilapide son patrimoine pour la passion, mais aussi dans les affaires véreuses. Sa compromission dans le scandale d'Algérie fait écho aux affaires du règne de Louis Philippe Ier (1773-1850). La monarchie de Juillet a en effet connu plusieurs gros scandales financiers et politiques, tels que l'affaire des fusils Gisquet, en 1830, dans laquelle Henri Gisquet (banquier, industriel et homme politique français, 1792-1866), chargé par le Gouvernement de l'achat de 300 000 fusils, aurait écoulé des armes défectueuses et a été accusé de corruption. Toujours en 1830, on prétend que le roi Philippe Ier aurait fait assassiner le dernier prince de Condé pour permettre à son fils de toucher sa fortune. Hulot subit cette même contamination de la sphère politique par l'économie.

Le baron et sa famille incarnent donc le déclin : alors qu'ils s'étaient hissés, sous l'Empire, à la mondanité et la fortune, ils sont aujourd'hui criblés de dettes et ont perdu de leur prestige. Le mobilier et le décor de la maison sont significatifs de ce délabrement. Dès le début du roman, Balzac évoque « la détresse écrite sur les fauteuils rongés, sur les draperies noircies et sur la soie balafrée » (p. 73). Ainsi, leur écroulement financier est déjà visible avant même que

Lisbeth tente de ruiner la famille Hulot. Elle ne fait qu'accélérer un processus de ruine déjà avancé.

L'ARGENT COMME PERSONNAGE À PART ENTIÈRE

Si ce sont les femmes qui mènent la danse dans ce roman, ce qui les fait courir, elles et tous les autres personnages, c'est l'argent. On peut d'ailleurs ici rapprocher la vie de l'auteur à ce qu'il raconte dans son roman, puisque Balzac a, durant toute sa vie, été victime de déboires financiers.

L'argent s'impose comme un véritable personnage dès le début du roman, lorsque l'on apprend qu'Hortense ne peut se marier faute de dot, que l'argent prévu à cet effet a été dévoré par le baron qui en a fait don à ses maitresses et que Crevel accepte de donner à Adeline l'argent nécessaire si celle-ci lui donne ses faveurs.

Tout se fait par et pour l'argent ; c'est la véritable moelle épinière de toute l'œuvre : les amants retiennent leurs maitresses grâce aux versements de rentes, les maitresses gardent leurs amants à cause de ces rentes bien plus souvent que par amour, et beaucoup de personnages se servent de l'argent comme d'un moyen de pression pour obtenir ce qu'ils désirent (Crevel pour s'offrir les faveurs de la baronne, et Lisbeth pour retenir Wenceslas en lui offrant une formation d'orfèvre).

L'argent est également un vecteur d'honneur ou de déshonneur. Ainsi, les dettes contractées par le baron jettent sur lui l'opprobre public. La fraude financière qu'il organise en

Algérie et l'argent de l'État qu'il perd plongent sa famille dans le déshonneur. Afin de laver cet affront, le frère du baron propose de rendre au Gouvernement la somme disparue. On a l'impression que, plus que le vol et le mensonge, c'est la perte de l'argent qui est grave et qui importe le plus. Ce n'est pas l'idée du vol qui est à regretter, c'est la disparition même de l'argent.

L'IMAGE DE LA FEMME

Les femmes sont omniprésentes dans le roman et sont capitales à l'avancement de l'intrigue. Elles peuvent être réparties en deux groupes :

- **celui des vertueuses**, avec Adeline, Hortense et Célestine, composé de femmes issues de la noblesse. Qu'elles soient riches ou ruinées, elles gardent leurs valeurs morales du début à la fin du roman, recherchant toujours le bien ;
- **celui des intrigantes**, avec Lisbeth, Valérie et leurs alliées (à savoir les domestiques de Valérie, sa femme de chambre ou la concierge de son immeuble), composé de femmes de la petite bourgeoisie ou du peuple. Elles ont des pensées et des actions basses, viles, et ne recherchent que leur propre bonheur sans se soucier du mal qu'elles peuvent faire aux autres.

Cette répartition peut sembler un peu manichéenne. Elle est cependant nuancée par le personnage de Josépha, l'ancienne maitresse du baron Hulot. Femme du peuple qui s'est élevée socialement grâce aux hommes, mais aussi grâce à son talent d'actrice, Josépha cherche à effacer ses mauvaises actions passées en aidant la baronne Hulot : elle effectue pour celle-ci des recherches lorsque le baron disparait sans laisser d'adresse. Elle demande d'ailleurs clairement pardon à la baronne, et les deux femmes, autrefois rivales, finissent par éprouver une certaine sympathie l'une pour l'autre.

Si la classe sociale semble déterminer le caractère des femmes dans le roman, leur beauté ou leur laideur est également fondamentale. Balzac s'attarde d'ailleurs longuement sur la description physique des personnages féminins, comme si c'était là la clé, l'explication de l'action. Adeline, Hortense, Valérie et Josépha sont belles. Si les deux premières n'en jouent pas, les deux autres bâtissent leur existence sur leur beauté. La beauté physique de Valérie et de Josépha leur vaut de se hisser dans le monde et de devenir les maitresses d'hommes fortunés, ce qui leur permet d'assouvir tous leurs désirs. Ce type de beauté est en quelque sorte un instrument du mal.

La cousine Bette est la seule femme du roman à être laide, mais elle n'y fait jamais allusion. Néanmoins, nous savons qu'elle est jalouse de la beauté de sa cousine et on constate qu'elle se sert des attraits de Valérie comme d'une arme pour anéantir les Hulot, preuve que la beauté est d'une importance capitale.

UNE HISTOIRE DE PASSIONS ET DE VENGEANCE

La Cousine Bette est, avant tout, une histoire de vengeance.

Lisbeth, jalouse de sa cousine depuis leur enfance, travaille à la destruction systématique de sa famille. Outre son envie, c'est sa passion contrariée qui la mène à la vengeance. En effet, Lisbeth, recueillie chez les Hulot par charité, est décrite dès le début du roman comme un « parasite » (p. 72) Elle est marginalisée :

- elle est pauvre dans une famille riche ;
- elle est laide à côté de deux beautés, Adeline et Hortense ;
- elle est sauvage.

Lisbeth est souvent comparée à un animal, à cause de sa laideur mais aussi à cause de la force de ses emportements. Elle est assimilée à une sauvage :

> « Cet esprit rétif, capricieux, indépendant, l'inexplicable sauvagerie de cette fille, à qui le baron avait par quatre fois trouvé des partis [...] En ceci peut-être consiste toute la différence qui sépare l'homme naturel de l'homme civilisé. Le Sauvage n'a que des sentiments, l'homme civilisé a des sentiments et des idées. [...] La cousine Bette, la sauvage Lorraine, quelque peu traîtresse, appartenait à cette catégorie de caractères. » (*ibid.,* p. 75-76)

Elle incarne donc la sauvagerie moderne : elle n'obéit qu'à ses pulsions et à ses passions. Ce caractère peut s'expliquer dans le fait qu'elle est une « vielle fille » : elle a volontairement refusé les quatre occasions de se marier. À l'époque de Balzac, il était très mal vu pour une femme de rester célibataire. Le motif de la vieille fille revient souvent chez l'auteur, qui lui dédie même un roman, *La Vieille Fille* (1936). Dans cette œuvre comme dans *La Cousine Bette*, le

personnage chaste implique la solitude affective, mais aussi
la frustration sexuelle :

> « La Virginité, comme toutes les monstruosités, a des
> richesses spéciales, des grandeurs absorbantes. La vie, dont
> les forces sont économisées, a pris chez l'individu vierge une
> qualité de résistance et de durée incalculable. [...] [Les gens
> chastes] trouvent alors de l'acier dans leurs muscles ou de la
> science infuse dans leur intelligence, une force diabolique ou
> la magie noire de la Volonté. » (*ibid.*, p. 219)

La rétention des passions charnelles influe donc sur le com-
portement physique et moral. La passion de la cousine Bette
est d'autant plus violente qu'elle a longtemps été contenue.
La jalousie de Lisbeth, couplée à ses pulsions primitives
(elle est « toujours l'enfant qui voulait arracher le nez de sa
cousine », *ibid.*, p. 75), lui confère une force diabolique.

Cet excès de sentiment est aussi illustré dans son amour
pour Wenceslas. Son besoin de domination prend le pas sur
la passion qu'elle porte au jeune homme. Elle s'exclame :
« Vous m'appartenez ! » (p. 143), puis « Quand je vous ai
sauvé, vous vous êtes donné à moi » (*ibid.*, p. 248). Lorsqu'il
la délaisse pour Hortense, la douleur de la dépossession
ravive son énergie dévastatrice.

Lorsqu'elle rencontre Valérie, elle utilise sa beauté, qu'elle
n'a pas, pour en faire l'instrument de sa vengeance sur les
Hulot.

La vengeance de la cousine Bette prend donc ses sources
dans une jalousie précoce et une passion sourde contenue.

Lisbeth, la Sauvage, est un être qui se plie à ses pulsions et devient diabolique et manipulatrice. Dans l'ombre de Valérie, elle se réjouit de voir le malheur de ses victimes et la dissolution de la famille. Sa vengeance ne sera pourtant que partiellement accomplie, puisque, malgré la ruine du baron, la famille est finalement réunie.

PISTES DE RÉFLEXION

QUELQUES QUESTIONS POUR APPROFONDIR SA RÉFLEXION...

- Quelle image de la famille Balzac propose-t-il dans ce roman ?
- Selon vous, l'auteur condamne-t-il les arrivistes ? Justifiez votre avis.
- De quelle façon Balzac représente-t-il le pouvoir politique ? Expliquez.
- Comment la ville de Paris est-elle représentée dans ce roman ?
- Quelles informations historiques nous sont données dans l'œuvre ? Développez. Peut-on pour autant assimiler ce récit à un roman historique ? Justifiez votre réponse.
- Quelles différences et quels points communs peut-on trouver entre Balzac et d'autres auteurs réalistes comme Stendhal (1783-1842) ?
- Comment le style de Balzac sert-il le réalisme du roman ?
- Quelle vision de l'amour Balzac propose-t-il dans *La Cousine Bette* ? Justifiez votre réponse.
- Comment qualifieriez-vous la relation qui unit Lisbeth Fischer et Wenceslas Steinbock ?
- De nombreux éléments du roman font écho à la vie de l'auteur. Selon vous, peut-on pour autant parler de roman autobiographique ? Justifiez votre réponse.

POUR ALLER PLUS LOIN

ÉDITIONS DE RÉFÉRENCE

- Balzac H. de, *La Cousine Bette*, Paris, Gallimard, coll. « Folio classique », 2007.
- Balzac H. de, *La Cousine Bette*, Québec, La Bibliothèque électronique du Québec.

ÉTUDES DE RÉFÉRENCE

- « *La Comédie humaine* ou le monde des passions », in *La Cousine Bette de Balzac*, Paris, Flammarion, coll. « Prépa 2015-2016 », 2016.
- « La vengeance : l'autre visage de la passion romantique », in *La Cousine Bette de Balzac*, Paris, Flammarion, coll. « Prépa 2015-2016 », 2016.
- Vanoncini A., « Pouvoir et séduction dans La Cousine Bette », in *Versants*, n° 55, p. 89-90, 2008.

ADAPTATIONS

- *La Cousine Bette*, film réalisé par Max de Rieu, avec Germaine Rouer, Alice Tissot et François Rozet, France, 1927.
- *La Cousine Bette*, téléfilm réalisé par Yves-André Hubert, avec Alice Sapritch, Jean Sobieski et Jacques Castelot, France, 1964.
- *La Cousine Bette*, film réalisé par Des McAnuff, avec Jessica Lange, Bob Hoskins et Hugh Laurie, États-Unis et Grande-Bretagne, 1996.

- Questionnaire de lecture sur *Le Colonel Chabert*.
- Questionnaire de lecture sur *Eugénie Grandet*.
- Questionnaire de lecture sur *Le Chef-d'œuvre inconnu*.

Retrouvez notre offre complète sur lePetitLittéraire.fr

- des fiches de lectures
- des commentaires littéraires
- des questionnaires de lecture
- des résumés

ANOUILH
- Antigone

AUSTEN
- Orgueil et Préjugés

BALZAC
- Eugénie Grandet
- Le Père Goriot
- Illusions perdues

BARJAVEL
- La Nuit des temps

BEAUMARCHAIS
- Le Mariage de Figaro

BECKETT
- En attendant Godot

BRETON
- Nadja

CAMUS
- La Peste
- Les Justes
- L'Étranger

CARRÈRE
- Limonov

CÉLINE
- Voyage au bout de la nuit

CERVANTÈS
- Don Quichotte de la Manche

CHATEAUBRIAND
- Mémoires d'outre-tombe

CHODERLOS DE LACLOS
- Les Liaisons dangereuses

CHRÉTIEN DE TROYES
- Yvain ou le Chevalier au lion

CHRISTIE
- Dix Petits Nègres

CLAUDEL
- La Petite Fille de Monsieur Linh
- Le Rapport de Brodeck

COELHO
- L'Alchimiste

CONAN DOYLE
- Le Chien des Baskerville

DAI SIJIE
- Balzac et la Petite Tailleuse chinoise

DE GAULLE
- Mémoires de guerre III. Le Salut. 1944-1946

DE VIGAN
- No et moi

DICKER
- La Vérité sur l'affaire Harry Quebert

DIDEROT
- Supplément au Voyage de Bougainville

DUMAS
- Les Trois Mousquetaires

ÉNARD
- Parlez-leur de batailles, de rois et d'éléphants

FERRARI
- Le Sermon sur la chute de Rome

FLAUBERT
- Madame Bovary

FRANK
- Journal d'Anne Frank

FRED VARGAS
- Pars vite et reviens tard

GARY
- La Vie devant soi

GAUDÉ
- La Mort du roi Tsongor
- Le Soleil des Scorta

GAUTIER
- La Morte amoureuse
- Le Capitaine Fracasse

GAVALDA
- 35 kilos d'espoir

GIDE
- Les Faux-Monnayeurs

GIONO
- Le Grand Troupeau
- Le Hussard sur le toit

GIRAUDOUX
- La guerre de Troie n'aura pas lieu

GOLDING
- Sa Majesté des Mouches

GRIMBERT
- Un secret

HEMINGWAY
- Le Vieil Homme et la Mer

HESSEL
- Indignez-vous !

HOMÈRE
- L'Odyssée

HUGO
- Le Dernier Jour d'un condamné
- Les Misérables
- Notre-Dame de Paris

HUXLEY
- Le Meilleur des mondes

IONESCO
- Rhinocéros
- La Cantatrice chauve

JARY
- Ubu roi

JENNI
- L'Art français de la guerre

JOFFO
- Un sac de billes

KAFKA
- La Métamorphose

KEROUAC
- Sur la route

KESSEL
- Le Lion

LARSSON
- Millenium I. Les hommes qui n'aimaient pas les femmes

LE CLÉZIO
- Mondo

LEVI
- Si c'est un homme

LEVY
- Et si c'était vrai…

MAALOUF
- Léon l'Africain

MALRAUX
- La Condition humaine

MARIVAUX
- La Double Inconstance
- Le Jeu de l'amour et du hasard

MARTINEZ
- Du domaine des murmures

MAUPASSANT
- Boule de suif
- Le Horla
- Une vie

MAURIAC
- Le Nœud de vipères

MAURIAC
- Le Sagouin

MÉRIMÉE
- Tamango
- Colomba

MERLE
- La mort est mon métier

MOLIÈRE
- Le Misanthrope
- L'Avare
- Le Bourgeois gentilhomme

MONTAIGNE
- Essais

MORPURGO
- Le Roi Arthur

MUSSET
- Lorenzaccio

MUSSO
- Que serais-je sans toi ?

NOTHOMB
- Stupeur et Tremblements

ORWELL
- La Ferme des animaux
- 1984

PAGNOL
- La Gloire de mon père

PANCOL
- Les Yeux jaunes des crocodiles

PASCAL
- Pensées

PENNAC
- Au bonheur des ogres

POE
- La Chute de la maison Usher

PROUST
- Du côté de chez Swann

QUENEAU
- Zazie dans le métro

QUIGNARD
- Tous les matins du monde

RABELAIS
- Gargantua

RACINE
- Andromaque
- Britannicus
- Phèdre

ROUSSEAU
- Confessions

ROSTAND
- Cyrano de Bergerac

ROWLING
- Harry Potter à l'école des sorciers

SAINT-EXUPÉRY
- Le Petit Prince
- Vol de nuit

SARTRE
- Huis clos
- La Nausée
- Les Mouches

SCHLINK
- Le Liseur

SCHMITT
- La Part de l'autre
- Oscar et la
  Dame rose

SEPULVEDA
- Le Vieux qui
  lisait des romans
  d'amour

SHAKESPEARE
- Roméo et Juliette

SIMENON
- Le Chien jaune

STEEMAN
- L'Assassin
  habite au 21

STEINBECK
- Des souris et
  des hommes

STENDHAL
- Le Rouge et
  le Noir

STEVENSON
- L'Île au trésor

SÜSKIND
- Le Parfum

TOLSTOÏ
- Anna Karénine

TOURNIER
- Vendredi ou
  la Vie sauvage

TOUSSAINT
- Fuir

UHLMAN
- L'Ami retrouvé

VERNE
- Le Tour
  du monde
  en 80 jours
- Vingt mille
  lieues sous
  les mers
- Voyage au
  centre de
  la terre

VIAN
- L'Écume des jours

VOLTAIRE
- Candide

WELLS
- La Guerre des
  mondes

YOURCENAR
- Mémoires
  d'Hadrien

ZOLA
- Au bonheur
  des dames
- L'Assommoir
- Germinal

ZWEIG
- Le Joueur
  d'échecs

L'éditeur veille à la fiabilité des informations publiées, lesquelles ne pourraient toutefois engager sa responsabilité.

www.lepetitlitteraire.fr

ISBN version numérique : 978-2-8062-9210-0
ISBN version papier : 978-2-8062-9211-7
Dépôt légal : D/2016/12603/929

Avec la collaboration de Pauline Coullet pour l'analyse d'Elisabeth Fischer ainsi que pour les chapitres « Le déclin de la famille et d'une société », « L'image de la femme » et « Une histoire de passion et de vengeance ».

Conception numérique : Primento,
le partenaire numérique des éditeurs.

Ce titre a été réalisé avec le soutien de la Fédération Wallonie-Bruxelles, Service général des Lettres et du Livre.